反斗群英 6

新年長假 開始了

梁望峯

U0152436

小天地 Little Cosmos

人物介紹

夏桑菊
成績以至品行也普普通通的學生，渴望快些長大。做人多愁善感，但有正義感。

黃予思（乳豬）
個性機靈精明，觀察力強，有種善解人意的智慧。但有點霸道，是個可愛壞蛋。

姜C
超級笨蛋一名，無「惱」之人，但由於這股天生的傻勁，令他每天也活得像一隻開心的猴子。

胡凱兒
個性冷漠，思想複雜，口直心快和見義勇為的性格，令她容易闖出禍來。

孔龍（恐龍）
班中的惡霸，恃着自己高大強壯的身形，總愛欺負同學。

KOL

年紀小小的 youtuber 和 KOL，性格高傲自戀。

呂優

班裏的第一高材生，但個子細小又瘦弱，經常生病。

蔣秋彥（小彥子）

個性溫文善良的高材生，但只有金魚般的七秒記憶，總是冒失大意。

方圓圓

為人樂觀友善，是班中的友誼小姐。胖胖的身形是她最大的煩惱，但又極其愛吃。

曾威峯

十項全能的運動健將，惜學業成績差勁。好勝心極強，個性尖酸刻薄，看不起弱者。

目錄

新年假期即將開始了！ 6

年廿八洗邋遢 18

大年初一的數學題 35

奇妙的爸爸 44

初三赤口 53

大年初四的直播節目 73

不休息的麵包店 86

人日派飯 100

眾人令微小的好事變了大好事 110

值得回味的新年假期 126

第**1**章

新年假期即將開始了！

　　尚有一天，農曆年假就要開始了！

　　雖然，這是群英小學假期前最後一天的上課日，但每個學生也心繫放假，根本就沒上課氣氛的啦！小三戊班的班主任安老師決定**從善如流**，這天並沒有授課，反而關心地逐一的詢問大家：

　　「各位同學，在長達十多天的新年假期裏，你們最想做的是甚麼啊？」

　　全班**最聰明**、**最帥氣**和見解**最**

獨到的姜 C 率先回答：「一年一度的新年，我最想做的當然是合法搶劫啦……不啦，我的中文程度並不好，正確來說應該是『拉利是』。我去年就是利用利是錢，買下了人生中的第一個芭比娃娃。」

課室內的學生一陣嘩然，一向不太喜歡姜C（應該也從未喜歡過）的曾威峯挖苦着說：「原來，你不喜歡Marvel的英雄，卻愛上Barbie了啊？」

姜C露出兩隻兔仔牙微笑反擊：「不啊，曾同學，你的眼光也**太狹窄**啦，我買來是為了收藏**炒賣**，這個Barbie在一年之間已升值了四成啦！呵呵呵！」

姜C笑出了兩顆腰果眼，讓曾威峯非常無趣。

高材生呂優回答安老師：「我買了很多小說未看，幸好在年假前剛完成了上學期的考試，我可以在長假裏好好看書了。」

　　胖嘟嘟的方圓圓興奮地說：「我在新年最想做的，就是將攢盒內的瓜子、糖果、金莎朱古力全部吃光！此外，還有煎年糕、蘿蔔糕、炸煎堆等……」說着說着，她忍不住用舌頭舔了舔下唇，真是個饞嘴的女生啊。

KOL 簡愛躊躇滿志的説：「我希望在新年假期內，可在 Youtube 製作出五段短片，説説關於新年習俗的事。」

安老師很有興趣的問了 KOL 的 Youtube 頻道名稱，她答應一定要前去捧場訂閱，讓 KOL 很振奮。

運動神經細胞異常發達的曾威峯，不忘**耀武揚威**：「我在新年期間將會參加一場五公里的跑步賽，我已參考過其他選手的往績，發現自己極有可能打入三甲呢！」

昨晚睡不好的男班長夏桑菊，則是一臉茫然：「在十多天的新年假期裏，我最想做的是甚麼啊……平日上學的日子，每天總要被鬧鐘吵醒，我最想做的，就是不停睡覺！」

姜 C 遺憾地搖頭說：「小菊，原來你想長眠啊！你因何事這樣看不開呢？」

眾同學哄堂大笑起來。

女班長蔣秋彥帶着憧憬的說：「新年期間，爸媽會帶我去他們的朋友家中拜年，我很喜歡他們家裏養的老虎狗，過了一年終於可再見到牠了，我很期待呢！」

轉校來群英小學剛好讀了半個學期，由最初總是扳着臉，現在笑容愈來愈多的胡凱兒聳聳肩說：「我爸的麵包店，說要

服務街坊，在新年期間也決定照常營業，我也只得去幫忙了。」

全班最健碩又最粗魯的孔龍，不滿地說：「新年假期嗎？我不太喜歡的啦，有一半時間都要隨着父母到處去拜年，雖然有新衣服可穿，又可逗利是，但每天都要走來走去，很多店舖也不開門，我還是比較喜愛復活節假或聖誕假期啊！」

雖然抱持着反對意見，但孔龍卻講中了重點，眾同學皆**點頭稱是**。對啊，年假真的是一年之中最特殊的一個假期，令人**又愛又恨**。

　　永遠都好像被**烏雲蓋頂**的叮蟹，將十根手指插進本來已經很雜亂的髮窩內，一臉痛苦地說：「為甚麼？為甚麼我的親友都死清光了？他們多死一個，我就少收一封利是啊！為甚麼？為甚麼上天要如此殘忍地對待我啊？」

　　安老師也怕了負能量超標的叮蟹，她急忙轉去詢問**沉靜聰明**的黃予思，黃予思想了一想，簡單地說：「我希望在這

14

個年假裏，可以做一件有意義的事。」

到了小櫻妹妹發言，她説：「我不太喜歡新年，拜年時總會碰見不常見的親友，他們總會問我學校成績，我每次都回答得很**尷尬**呢。」

事實上，小櫻妹妹的成績一向不好，名次總是徘徊在末端。大家明明見到她努力讀書，但勤奮和學業卻不成正比。

聽到小櫻妹妹的話，安老師恍似聯想到甚麼的説：「其實，我拜年時也遇過尷尬的情況啊。」

同學驚聞安老師都有煩惱，大家也嚷着要她説來聽聽，安老師經不起游説，神

情**羞澀**的告訴大家，每次去拜年，她總會被親友詢問何時結婚，一連問了幾十年，直至幾年前終於結婚了，大家才停止追問。

姜C感觸地說：「我是個老實人，所以老實說，安老師嫁得出，真是一件可喜可賀的事情啊！」

全班**瘋狂爆笑**，安老師差點要給這群反斗的壞蛋氣死了。

終於來到全人類最期待的一刻！

放學的鐘聲響起，全校學生歡呼起來。大家在**喜氣洋洋**的氣氛下離開校舍，高談闊論着長假的活動，人人臉上也露出興奮盼待的笑容。

就這樣，群英小學上學期正式結束，十多天的**農曆新年假期開始了**！

農曆新年假期開始了

第2章
年廿八洗邋遢

孔龍討厭新年，可不是説笑的啊！

除了他向同學透露了的：

Ⓐ 有一半時間都要隨着父母到處去拜年，每天疲於奔命的跑來跑去。

Ⓑ 很多店舖不開門，愛熱鬧的他覺得街上冷清清，很不習慣。

其實，有更多原因，他不好意思當眾説出來，那就是：

Ⓒ 年廿八要幫手倒垃圾！

對啊，不知從何時起，每逢到了年廿八，就是傳統「**年廿八洗邋遢**」的日子。而孔龍的父母正好是傳統的老派，所以，每年到了年廿八，爸媽也會**如箭在弦**，要將全屋徹底清理打掃一番，相等於一年一度的大掃除日。孔龍當然也不能幸免，要跟隨全家總動員的執屋。

最奇妙的是，孔龍住的只是普通的幾百呎居屋單位，但爸媽每次總會莫名其妙的撿出十幾個垃圾袋！丟垃圾的重任，當然要由他這名健壯的兒子去擔當。拿幾個垃圾袋去後樓梯也是小事，最麻煩的是家裏要拋棄的大型物件和壞掉了的電器，父親嚴格要求孔龍拿去指定的垃圾站棄置，千萬別給清潔工人增添麻煩，孔龍也只好乖乖照辦。

但是，最麻煩的事在後頭，當孔龍把大件物品老遠拿到垃圾站，汗流浹背的回家去，正準備沖一個涼，沒想到把廁所清潔完畢的爸媽，已經在淋浴間前貼出

20

了一張紙，上面寫着：「漂白中，*切勿洗澡*！」他見到浴室牆壁每個瓷磚的四邊，都黏滿沾了漂白水的廁紙，傳出刺鼻的味道，當然不能使用。

漂白中，
切勿洗澡！

好了，洗個手總可以吧？沒想到洗手盆前又貼着另一張紙，上面寫着：「油漆未乾，不能使用！」原來，爸爸在水喉開關塗了一層全新的漆油，修補逐漸剝落的舊漆，準備給親友前來拜年時，令浴室看起來沒那麼殘舊。

油漆未乾，
不能使用！

每一年的年廿八，孔龍總覺得自己好像新居入伙，這裏尚不能使用，那裏待修中，令他哭笑不得。

然後，是D！

哎啊，其實他討厭的事情尚有E、F、G……但繼續數下去，數到年假完結也數不完。所以，孔龍決定多說一項，大家應該也會遇上、會有所共鳴的事。

D 大年初一不可洗澡洗頭！

對啊，孔龍是個汗腺發達的男生，很容易就大汗淋漓，為了方便洗頭時快乾，他一向也留着陸軍頭，習慣每天也要洗澡和洗頭，整個人才會精神舒暢。

但根據傳統習俗，大年初一卻不准洗澡洗頭，他問父親原因何在？

孔龍的爸爸名叫孔明，是個身材**瘦削**又生得矮小的男人，架着黑色粗框眼鏡，看上去像個文弱書生，跟高大又**孔武有力**的孔龍，怎看也不像是一對父子。

　　爸爸孔明向他娓娓道來：「大年初一是一年之始，代表着龍頭好運的泉源，洗澡洗頭容易洗掉好運氣的啊。」

　　孔龍不禁苦笑了：「我不怕運氣壞，只怕滿身汗味啊！」

　　「小龍，這些習俗得以長久流傳下來，總有它的意義啊。」爸爸口裏**碎碎唸**：「況且，很多秉承着前人的禁忌，寧可信

其有的吧！只是不洗澡不洗頭一天而已，想也不是甚麼大問題啦！」

孔龍總覺得，洗澡會洗掉好運氣這個原因真有點**牽強**呢！但沒辦法啦，就算他不怕運氣壞，也怕父親繼續**囉唆**，只好隨俗囉。

結果就是，孔龍在大年初一真的沒有洗澡和洗頭，這令他一整晚也睡不着，全身也痕癢，活像一頭猴子般不斷在搔癢，**辛苦萬分**。

＊　　＊　　＊

年初二早上，呂優收到了好友孔龍向他拜年的電話，彼此說了一堆祝福語：

年初二
恭喜發財

優：「祝你百毒不侵！」

龍：「祝你快高長大！」

優：「我再祝你壯健如牛！」

龍：「那麼，我再祝你名列前茅！」

兩人笑嘻嘻的，愉快地交換昨天的拜年經歷。

呂優親友繁多，幸好眾人在大年初一也會聚集在外婆家裏，正好一口氣的拜年。

27

孔龍則告訴呂優，他去了三位長者親友的家裏拜年，他們分別居住在北角、長沙灣和荃灣。正好港、九、新界都去遍了，坐車坐到發呆，慶幸的是逗到的利是錢不俗，也算是一點「補償」吧！

呂優奇怪地問：「咦？你已拆利是了啦？」

孔龍滿腦子也是問號：「當然啊，我想用利是錢買玩具啊！」

「你不知道嗎？利是最好等到正月十五才拆啊。」

孔龍在電話那邊張圓了嘴巴：「為甚麼啊？」

呂優便把他知道的傳統習俗告訴孔龍：「爺爺總對我說，利是要等到正月十五後才可拆，那是『留到元宵保福氣』。因為一般認為大年初一至正月十五均屬新年，一般人派利是都會派到正月十五，太

早拆利是會『財散』，所以要在正月十五才把利是收妥，到正月十六才拆開戰利品，這樣做才會『財聚』！」

孔龍嘖嘖稱奇，不禁苦笑了：「看來，我避開了壞運氣，還是避不開破財的命運啊！」

呂優不明所以，好奇地追問：「怎樣可避開壞運氣啊？」

孔龍描述了他昨天一整天既不可洗澡也不可洗頭，全身痕癢的慘況，直至今早一起床，飛奔跑去沖了個涼，整個人才總算舒暢下來了。

最後，他無奈地說：「我不知道，不

洗澡會不會有好運氣？但我卻確定了，不洗澡會滋生好多細菌！」

呂優真替孔龍辛苦呢，但有件事卻不知該不該告訴他。但一想到今日是年初二，並非初三「赤口」。所以，他才大着膽子的說：「恐龍兄，你得到的資料，可能有一點錯誤啊。」

孔龍追問，學識廣博的呂優告訴他，大年初一的確有不可洗澡和不可洗頭的禁忌，但只限於初一早上，晚上去洗澡洗頭該是沒問題的啦。

不出所料，孔龍簡直像晴天霹靂，他暴怒地說：「原來，我爸爸弄錯時間了

嗎？那麼我豈非白白癢了老半天嗎？吼～
吼～吼～」

　　孔龍發出像生氣的暴龍一樣的怒吼，
呂優要把手機拉遠耳朵一呎，才不致震
破耳膜！

　　呂優可不知道，原來那個傳聞出自孔
龍父親。為免引起父子情仇，他連忙補充：
「你記得娛樂節目內的『傳聲筒』遊戲
嗎？第一個隊友將主持人所出的題目，用
動作演繹給第二個隊友，到了第五名隊友
接收時，早已面目全非了。新年禁忌
也是一樣啊，各有各的說法，很難考究誰
對誰錯的啦！」

孔龍這才息怒，他說：「幸好，我爸爸沒有叫我一整個新年也不能洗頭，否則我會削髮為僧！」

　　呂優幻想到高大強壯的孔龍光頭的樣子，應該蠻像忍者龜，他忍住笑說：「沒關係啦，明年要謹記：『大年初一早上不可洗澡洗頭！』就可以了啦。」

孔龍口中唸唸有詞：「所以，我討厭新年，可不是說笑的啊！」

呂優想到甚麼的說：「不啦，就算你多麼不喜歡新年，它總有一個令你喜歡的理由啊！」

孔龍不相信的問：「說來聽聽。」

呂優存心想逗這個朋友高興，他說：「除了暑假以外，新年假期就是全年最長的學校假期啊！」

呂優這句話有神奇力量，孔龍即時回復了笑容，喜盈盈地說：「想起來，新年也不太可惡啊！」

第**3**章

大年初一的數學題

夏桑菊最期待的大年初一，終於降臨了！

雖然，聽到朋友們的意見，大家似乎都不大喜歡新春假期，但夏桑菊由小到大也喜愛過年。因為，對他來說，新年有一種特殊意義呢！

先説**年廿八**。這個傳統的**大掃除**日子，爸爸會進行一年一度的全屋清潔（媽媽從不愛打掃，所以家務都由爸爸負

責）。而夏桑菊則負責打掃自己的睡房。

也別以為只有一張床、一張書檯連書架和

一個巨大衣櫃的小房間，半小時就能夠清

潔妥當。其實，夏桑菊每次總要清理老半

天，主要原因就是要清走去年用過不會再

使用的課本作業，還有很多舊筆記和講義，

和數不清的學校通知單。

　　他會把它們小心分門別類，一些作廢

紙回收處理，另一些可再用的課本則會送

給低年級的學弟，希望可循環再用，

不致造成浪費。

另外，近年興起「斷捨離」，意思就是「斷絕不需要的東西；捨去多餘的事物；脫離對物品的執着」。爸爸決定身體力行支持這個極簡主義，也希望兒子照着辦。所以，夏桑菊每年都會整理出一些大可丟掉、不再留戀的東西。

那包括：破了大洞、不成對的襪子；洗得太多次、變得鬆垮垮沒彈力的內褲；發霉的毛巾；已有破爛痕跡的充電線；放了一兩年卻一直不吃的零食……最後，他總可撿出兩三袋要丟掉的

東西，可見家中的垃圾**多得驚人**！

　　自從上兩年開始實施「斷捨離」，家中囤積的東西真的減少了。所以，未到新年，全屋首先瘦身，空間多了，感覺也煥然一新，這讓夏桑菊真有種**送舊迎新**的新鮮感，比起每年一月一日的「新年」更實在呢。

　　到了年三十，又是另一個讓他高興的日子。只因爸爸是個節儉的人，平日不愛買衣服，一件T恤可穿上一整年，唯獨每次春節前，他也會請媽媽和兒子各買一套全新的衣服過年，説是新的一年就該以一身新形象出現，才會帶來好運。

所以，新年前的一天，就是夏桑菊的 **開心購物日**！

他買了一條新的牛仔褲，因為他長高得太快了，本來的牛仔褲已變成吊腳褲。另外，連常穿的恤衫也開始衣不稱身，他今次不能買細碼，要轉買中碼了。還有，他也選了一對新球鞋，非常興奮。

每年的這一天，當他和爸爸笑逐顏開，一同手拿着四大個購物袋步出商場，他總覺得兩父子帥極了！

大年初一，夏桑菊不用調校那個豬頭形狀的鬧鐘，大清早就會自動從床上跳下來，難掩興奮的心情，**精神奕奕**的走

出客廳向爸媽拜年，雙手抱拳朗聲説：「祝爸媽身體健康！萬事如意！龍馬精神！」

爸媽也會高興地祝他學業進步和身體健康，然後送上兩封大利是。每一年，爸爸在大年初一早上會煮一頓全齋宴（媽媽從不愛煮飯和洗碗，所以家務都由爸爸負責），取一個「初一吃早齋，認為是對神佛虔誠，一整年都可趨吉避凶」的意頭，而一年也僅此一次而已。物以罕為貴，他特別珍惜，吃得充滿滋味。

對啊，還有一個很有趣的傳統，就是爸爸年初一必定要替他添飯，代表「添福添壽」的意思。

然後，夏桑菊會穿上一身新的衣服。由恤衫、外套、褲子、襪子、鞋子，甚至連內衣內褲都是全新的。這讓他覺得生氣勃勃，非常神氣地出門，跟隨爸媽去爺爺嫲嫲的家拜年去。

　　有件事也蠻好笑，他們住的是舊式唐樓，平日只有一個老看更在大堂當值，且經常也不見人，不知是去了巡樓還是去了偷懶。可是，每逢大年初一，只要升降機

添福添壽

門一打開，就會見到大堂裏有很多認識的和素未謀面的看更和工作人員，在列隊歡迎着住客，每個人都笑臉盈盈的向爸媽說**恭喜發財**，爸爸總會向他們大派利是，無一人會落空。

離開大廈後，媽媽總是對「突然冒出的員工」稍有微言，爸爸會和善地說：「工作了一整年，大家也辛苦了，就讓他們開心一下嘛。」

媽媽嘀咕：「難道你在前一年裏，有見過他們每一個嗎？」

爸爸有技巧地說：「所以說，這幢大廈有很多**幕後功臣**呢！」

媽媽橫瞪他一眼：「你這個人真的很豪氣啊！」

爸爸受驚，像一頭龜似的縮一下頭頸，裝可愛的說：「男人太小器，會給雷劈的啊！」

夏桑菊聽着兩人妙問妙答，快要給笑死了……嗯，不不不，新春期間千萬別説「死」，那是不吉利的啊，所以，正確來説，他快要給笑「生」了！

第4章

奇妙的爸爸

　　姜 C 出生於一個奇妙的家庭。

　　奇妙在於，姜 C 的爸爸是個奇人，他經常會做出叫旁人覺得**匪夷所思**的事情，卻又**習以為常**。

　　那就正如，在大年初一，爸爸突然拍醒姜 C，興奮莫名地對他說：「C 君，快起床，我們要出發囉！」

　　姜 C 看看床頭的小黃鴨時鐘，時間居然是早上七時零五分，比起平日上學的鬧

鐘還要早呢！睡眼惺忪的姜 C 翻過身向遮光窗簾那邊，懶懶地說：「爸，我們不用那麼早去拜年的啊！爺爺嫲嫲極有可能不覺得你孝順，反而覺得你在擾人清夢的啊！」

「誰説我們要去拜年啊？在新的一年，我們做的第一件事，一定是要轟轟烈烈的啊！」

撐着一雙睡眼的姜C，聽到「轟轟烈烈」四字，一股好奇心沖上心頭，他轉過頭問爸爸：「那件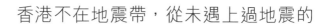的事，到底有多轟烈啊？」

爸爸握着拳頭説：「就像七級地震般的轟烈！」

香港不在地震帶，從未遇上過地震的

姜C，根本搞不清三、七、十級地震的分別，但他知道會震得地動山搖就對了！所以，他跳下床，精神奕奕期待着說：「好啦，趁着新的一年新的開始，我們去做一件轟轟烈烈的事吧！」

爸爸給姜C做了一個夾着拇指和食指組成的心心手勢，姜C也把兩條手臂弓起放在頭頂上，回了他一個大大的心心。

半小時後，爸爸開車到了太平山頂，把車子停在一條緩步徑前，摩拳擦掌

地説：「好了，我們繞着山頂跑一圈，行個大運去！」

姜C看看前面那個「此緩步徑全程需時約六十分鐘」的告示牌，不禁嚇一跳：「爸爸，難道你口中的『轟轟烈烈』的事，就是跑步一整個小時嗎？」

爸爸大言不慚地説：「我們一定會跑得滿身大汗、雙腳痠痛和頭昏眼花……甚至不幸地中暑！那還不夠轟烈嗎？」

姜C想想也對，爸爸並沒有騙他，若不幸中暑倒地或失足滾下山坡，那真有隨時丟了性命的轟烈啊！所以，媽媽堅決留在家裏繼續睡大覺，不肯同行，也是一個

聰明的選擇。

　　但姜 C 的性格天生就是開心豁達，他心想既來之則安之，也就高高興興地說：「好吧！我們去跑一下！看看誰先中暑吧！」

　　於是，二人一同做熱身。經過一連串深蹲、壓腿和開合跳之後，兩父子肩並肩沿着太平山頂的外圍開始緩步跑，中途路過的小徑，都有着一望無際的景觀，把港九的美麗景物全收眼內。

　　兩人在五十分鐘後繞了山頂一圈，回到起點處去了，姜 C 滿身是汗，但因為在新的一年就可看見好風景，讓他心情變得

反斗群英
新年長假
開始了

50

好開朗！

　　其實，有個奇怪的爸爸也不錯啊，姜C 總可以在他身上發掘到無限驚喜！就像今天一大清早，他難以想像會站在全香港最高的地方，順利走完一圈的晨運。

　　由於，爸爸忘記帶備多一件緩步跑後替換的衣服，為免汗流浹背的離開，他走到山頂廣場的一家專售紀念品的店子，買了兩件 T 恤，就到爺爺嫲嫲家拜年去了。

　　爺爺和嫲嫲打開門，見兩父子身穿着「I LOVE HK」的 T 恤，見怪不怪的發出了會心微笑。

第 5 章

初三赤口

農曆正月初三，俗稱「赤口」，根據中國傳統習俗，當日特別容易與別人發生口角爭執，為免招惹口舌是非，這一天盡量不會出外向親友拜年。

所以，初三這一天，方圓圓閒在家裏。得到了爸媽批准，她找了好友蔣秋彥一同逛街。

两人相約在銅鑼灣區見面後，蔣秋彥一見方圓圓，總覺得她好像大了一個碼，本來胖嘟嘟的面孔顯得更渾圓，像一個氣球。

方圓圓看見蔣秋彥欲言又止的目光，她也自知騙不了人，臉露尷尬的説：

「我這幾天又重了幾磅。因為，由年三十晚吃團年飯，至年初一二去親友家中拜年，我一直吃一直吃，好像一連吃了三天自助餐。」

蔣秋彥哭笑不得：「為了應節，我嫲嫲也煎了蘿蔔糕，但我吃幾件已很膩了，你怎麼吃得下那麼多的啊？」

54

「因為，新年沒事可做啊。」方圓圓摸着肥肚腩，苦惱地說：「拜年時，我爸媽要陪着親友搓麻將，我只好坐着看電視了，悶着悶着，就把攢盒內的東西吃光了，把半包黑瓜子吃光了，又把電視旁擺放着的那罐蛋卷也吃光了……」

蔣秋彥哭笑不得：「你吃太多了！」

「我知道啊，我也害怕下星期上芭蕾舞課時，會把地板也踩穿啊！」

對了，兩人每星期也會上芭蕾舞的課程，身體愈重跳舞只會愈吃力。蔣秋彥提議：「不如，我們今天盡量少吃一點啦！」

方圓圓滿臉認真地答應：「好啊，我明天要繼續去拜年，恐怕又會忍不住口啊！今天是中場休息，我們千萬別吃太多東西，你別引誘我啊！」

蔣秋彥沒好氣：「你放心好了，我一向吃得很少的啦！」

兩人前往一家連鎖式的大型玩具店，希望看看最新的文具，但店子卻沒有營業，

恭喜發財！
初四啟市！

店門前貼着一張揮春，寫着：「恭喜發財！初四啟市！」

　　兩個女生你眼望我眼，想不到連玩具店也要初四才營業，不禁失望之極。兩人忽然記起孔龍説過，春節期間有很多店舖也不會開門，沒料到會給他不幸言中呢！

　　最後，兩人只好轉去照常營業的 Dan Dan Danki 逛逛，但最吸引方圓圓的，並非店內新奇有趣的玩

具精品，而是貨架上**琳琅滿目**的日本零食，她一雙眼移不開去。

蔣秋彥去看洗頭水，轉頭回去給大嚇一驚，只見方圓圓的購物車上，不消幾分鐘已堆滿零食：薯條啊、魷魚絲啊、善字牌魚肉腸啊、朱古力拖肥糖啊。

她**哭笑不得**：「不是説好了，今天不吃那麼多東西嗎？」

方圓圓又把一筒芝士味薯片放入購物車，好像忘記自己答應過甚麼了，她狡辯着説：「我只是買來儲糧，今天不會吃的啊！」

蔣秋彥繞着雙手，一臉沒好氣的看她：

「現在又不是打仗，儲甚麼糧啊？」

方圓圓自知理虧，只好説：「好了好了，我買少一半好了吧？」

「買四分一好啦！」

方圓圓看着購物車內的零食，每一包零食也好像在誘惑她説：「選我啦！吃我啦！我最好吃！」這讓她不知如何

取捨，臉上難捨難離的：「買三分一，OK？」

最後，方圓圓討價還價成功了。但她答應蔣秋彥，春節假期過後，兩人要結伴去做運動，真要積極減肥囉！

這就是一個怕胖又饞嘴的女生，在新年期間遇上的悲與喜。

＊　　　＊　　　＊

逛街逛累了，兩人想找了一家餐館吃點東西，稍作休息，想不到另一個問題來了。

她倆路過的每一家食店，門口都貼有一張紙，上面寫着特別通告：

新春期間，
本店設有加二服務。

新春期內，
每位食客最低消費$50。

由初一至初三，食客
光顧必須至少點一個
$60或以上的套餐。

「新春期間，本店設有加二服務。」

「新春期內，每位食客最低消費$50。」

「由初一至初三，食客光顧必須至少點一個 $60 或以上的套餐。」

滿以為，這是某一家店的特殊情況，沒想到一連走了幾條街，每家食店也大同小異。**精打細算**的方圓圓覺得不值，固執的不肯進內，要繼續前往下一條街尋找「**良心食店**」。

蔣秋彥卻比較懂得世情，她的嫲嫲更經常為一家茶餐廳給街坊義務派飯，經常聽見食店老闆訴苦，讓她明白香港食肆所面對的困境。

她對方圓圓說：「由於香港的租金太**昂貴**，少開一天就是多納一天空租，它們也是迫不得已才會在新年照常營業。況且，在新年期間，餐廳員工的薪金會比平

日稍為提高，加價也為了補貼那份工錢了吧。」

方圓圓首次知道這些事，她恍然大悟的說：「原來是這樣啊？我一直覺得食店想趁這幾天在騙錢呢！」

蔣秋彥笑着搖頭：「一年一度的新春佳節，誰不想好好休息數天，陪伴家人和親友呢？但很多食店也選擇繼續營業，很多員工也選擇繼續上班，背後總有一點苦衷吧。」

方圓圓聽完，心裏開始**釋懷**下來了。

最後，兩人找了一家有最低消費的西餐館坐下，這當然也難不倒方圓圓，因為

她一個人可吃兩份餐，賬單的總數一早便過二人加起來的最低消費囉。

　　兩個好朋友交換這幾天的近況，方圓圓説完她去親友家時把攢盒全吃光的瘀事，輪到蔣秋彥説説她的事，她的神情一陣**落寞**。

　　「你記得嗎？當安老師問起，我説新年最**期待**的一件事，是爸媽會帶我去他們的朋友家中拜年。因為我很喜歡他們家裏養的老虎狗，過了一年終於可再見到牠了……卻沒想到，我有可能永遠再見不到牠了。」

　　方圓圓心裏一涼，關心地問：「老虎

狗發生甚麼事了？」

　　蔣秋彥重重**嘆口氣**。

　　每一年的年初二，爸媽總會帶秋彥去雲姨家拜年。雲姨是兩人就讀中學時的美術老師，雖然每年只見那麼一次面，但雲姨和藹可親，給了秋彥很深刻的印象。雲姨家養了一頭老虎狗，樣貌雖然很兇惡，但其實馴服得像一頭**綿羊**，跟秋彥親暱地玩耍，讓秋彥很想牠。

昨天，秋彥**整裝待發**，更帶備了一包狗餅乾，準備隨爸媽去跟雲姨家，沒想到爸媽似乎沒有拜年之意，反而興奮地商量要去觀看哪套**賀歲電影**。

秋彥很奇怪，問爸媽今年不去雲姨家了嗎？爸媽這才告訴她一個消息，原來雲姨在半年前已移民到澳洲去了。

她連忙問老虎狗怎樣了？媽媽說狗狗並沒有隨行，雲姨把牠交給了在香港的家人繼續飼養了。

蔣秋彥看着方圓圓，**難掩失落**地說：「所以啊，我可能永遠見不到老虎狗了，只希望養育着牠的人也疼愛牠，牠會

活得好好的。」

　　方圓圓明白地點一下頭，她也有親友移民去加拿大，她明白這些事。

　　蔣秋彥把臉轉向窗外，Sogu 百貨門前的交通燈正好轉綠燈，馬路兩邊的途人縱橫交錯，不消半秒便匆匆擦身而過，不留任何痕跡。

　　蔣秋彥心頭感觸的説：「有時候，你滿以為是必然的，其實下一秒鐘就有可能改變了。其實，我以前很不喜歡去拜年，總覺得一年才見一次的親戚朋友，又有甚麼好見的呢？現在我才發現了，原來，要是沒有新春這節日，很多人可能一輩子都

不會再見了。到對方家中造訪，正好就是給我們在生命裏再相聚多一次，直至有其中一方無法再聚為止。所以呢，我以後會更珍惜的。」

方圓圓聽到蔣秋彥語重心長的話，伸手拍了拍她手背，對她微笑着說：「放心吧！我們會是每一年都跑去跟對方拜年的好朋友啊！」

蔣秋彥聽到這句溫柔的話，感受到方圓圓手心的軟熱。她把另一隻手搭到方圓圓手背上，暖心地說：「一言為定哦！」

「你要準備豐富的攢盒哦！」

兩人相視大笑起來。

大年初四的直播節目

新年假期內，簡愛給了自己一個**願望**，希望在 Youtube 製作出五

段説説關於新年習俗的短片。

雖然，她做 Youtuber 已接近一年，平均每星期也會出一條影片。當大家都以為她駕輕就熟，其實每一次開播，她的心情都會**誠惶誠恐**。

73

製作 Youtube，主要分成預錄和實時直播。預錄比較輕鬆，主要是預先拍好了的影片，經過後期剪輯和加入字幕，準備就緒才上載到 Youtube。

簡愛有超過九成的影片，也是用預錄的方式製作，可減少許多重大的失誤。

但是，簡愛知道，她最希望可以克服的，卻是實時直播！

真的啊，假如要形容實時直播這回事，那就像拿着攝錄機的戰地記者吧！你永遠不知道下一秒鐘會發生何事，會有甚麼突如其來的危險或怪事，一切必須隨機應變，更不容有失，否則就要完蛋了。

74

在這個年假中，簡愛分別拍攝了年廿八執屋的壯烈慘況、年三十晚跟一群親友在家中吃團年飯的「飯聚」實況，以及直擊大年初一去長輩家中拜年的熱鬧情形。三段約十五分鐘的影片，也是用上實時直播的方式，得到觀眾們的好評，點擊率又創新高，讓簡愛很高興。

可是，她卻一點也沒自滿。因為，她知道自己使了詐。

——咦，難道直播是造假的嗎？其實，那只是一早預錄的片段嗎？

不，那真是現場直播的啊！但是，三段影片也在家中拍攝，家人一早知道簡

愛準備要拍片，當然會換過一套最美的衣服（簡媽媽甚至化了個濃妝）。況且，明知自己正在鏡頭之下，所以大家的一舉一動也美化了，吃飯時的食相也特別優雅，說句話也文縐縐的，更不含有任何危險

性！所以，簡愛使詐了，她其實並沒有呈現百分之百的真實影像呢！

因此，為了**求真**，在年初四這一天，簡愛決定要挑戰自己，製作一段真正的實時直播，選址是大埔林村的許願樹。

臨錄影前的一晚，簡愛緊張得睡不着，不斷記牢着那份林村村落習俗和**許願樹**由來的講稿。由於她已向觀眾預告了明天的直播時間，硬着頭皮也得進行。

尚有廿分鐘開始直播，簡愛已到了林村準備了，同行的姐姐好像比起她更緊張，一直問要不要幫助她甚麼，簡愛婉拒説：「不用了，我就是不想有任何人保護我，

我才會學懂照顧自己。」

　　姐姐明白地點頭，她去了附近逛一下，好讓妹妹自由發揮。

　　搭正三時正，簡愛在她的 Youtube 頻道開始直播，手拿着自拍伸縮棒的她，身後就是許願樹了，她向手機的鏡頭笑了，向觀眾們介紹着林村許願樹的起源，她慶幸自己將那份講稿倒背如流，講解得非常流暢。

　　她一邊解說，一邊繞着許願樹的外圍走一圈，讓觀眾們可環視到樹前的真實景況。

　　她娓娓道來：「……世界各地的遊客

年初四

心想事成

也會前來林村的許願樹，將**寶牒**繫着一個橙，大家很努力把橙拋上樹幹許願，傳說中只要將那個橙掛到樹上了，心願就可以順利達成。」

她伸手指向身後的大樹，可惜的説：「但由於人流太旺了，幾年前的一個農曆大年初四，許願樹的主幹終於不勝負荷而塌下了！所以，現在只好用一棵**塑膠樹**代替了！而遊客們所拋到樹上的，也不再是真橙，而是變了輕盈的塑膠橙呢！」

新春期間，有很多也是一家人扶老

天后仙宮澤蔭八方鄉誼重

攜幼的來參觀和祈福，有父親為了幫孩子更容易擲橙，特意用騎膊馬的方法，幫孩子「增高」。有一名女童拋了幾次，終於有一次把橙掛到樹幹上，父女們的神情開心極了。

就在這時候，三名頑皮的男童見簡愛在拍攝，他們故意在樹前向鏡頭揮手和扮鬼臉……這正好就是直播時會碰到的突發情況吧！

　　簡愛知道躲不開他們的干擾，決定隨機應變，向三人走了過去，就地取材的訪問他們：「大家好！新年快樂！你們來許了甚麼願啊？」

　　三個男童受寵若驚，馬上便變得正經地受訪，各自說出自己許下了甚麼願望，有一個男童告訴簡愛，他的心願是讓

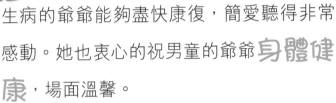

生病的爺爺能夠盡快康復，簡愛聽得非常感動。她也衷心的祝男童的爺爺**身體健康**，場面溫馨。

最後，十五分鐘的直播節目順利完成了。一直在不遠處緊張得咬着指頭、默默在支持她的姐姐，大聲拍起手掌來，讓簡愛心頭十分激動。

經過一次又一次的**磨練**，簡愛相信自己逐漸克服了心魔。她喜歡這一個自己，勇敢面對她最害怕的事，並且努力去**戰勝**它。

祝爺爺
身體健康

——最後，你害怕的事會害怕了你，只能離你而去。

　　看看影片旁的觀眾留言區，發現一個令她驚喜的留言：「簡同學，我是安老師，剛看完你的直播，非常成功啊！真替你高興，你要加油啊！」

　　簡愛雙眼發亮，好像得到了品質檢定，新年第四次的 Youtube 短片宣佈順利完結了！

　　答應自己會在新年假期內做五條片，現在已到了最後一段影片了，她希望做一個會令自己留下美好回憶的節目。

第7章
不休息的麵包店

　　年初五下午，胡凱兒在爸媽觀塘物華街的「幸福包包」麵包店內幫手，負責店面的工作。

製作包點的爸爸，每隔半小時會從麵包店後的工場拿出一盤蛋撻。一嗅到蛋香，排隊的人龍便源源不絕，直至把一整盤的蛋撻賣光為止。

正忙得不可開交之際，一把深沉的男聲說：「兩個蛋撻。」

胡凱兒把兩個蛋撻放進膠袋內，遞給

站在前面的顧客時，眼皮累得幾乎睜不開的她，忽然把雙眼睜得老大。因為，她發現面前的人居然是夏桑菊！

「你怎麼來了啊？」

夏桑菊這個**搗蛋鬼**，就是故意要給胡凱兒一個驚喜（或驚嚇），瞧見她的反應，他得逞地笑了：「來跟你拜年啊！」

胡凱兒把膠袋遞給夏桑菊，他則把紙幣遞給她，她揮一下手：「不用了啦，請你吃啦！」

「感謝你的**豪爽**，但是不可以，這

是你爸爸的生意！」他堅決要遞上紙幣。

　　後面有很多人在排隊等候，胡凱兒無法拖拉，只好接過紙幣找贖。夏桑菊也料不到麵包店的生意如此繁忙，他本來準備想要請客吃飯，這一刻也不敢開口提出要求了。

　　正當他想向她講拜拜，胡凱兒的弟弟胡圖剛巧從工場拿着幾條法包走出來，一見到夏桑菊雙眼發亮，口乖地說：「夏哥哥，新年快樂，身體健康！」

　　夏桑菊很高興，抱拳說：「胡弟弟，新年快樂啊！祝你學業進步！」

　　胡圖哈哈笑：「我已經考第一名了，

很難再有進步空間了啊！」

他把法包擺好在貨架上，對忙得暈頭轉向的胡凱兒說：「姐姐，由我來接手，你快去休息一會。」

然後，他把姐姐推出了店門，跟買蛋撻的街坊們在**談笑風生**了。

夏桑菊家住港島區灣仔，很少去九龍區的觀塘，胡凱兒便擔任導遊，帶他**四處逛逛**。經她一說，他才知道這裏就是觀塘市中心，而物華街則是人流最旺的一條街，難怪麵包店會有那麼多顧客。

「我爺爺開的麵包店，再由爸爸接手，開業超過四十多年了，是區內的**老字**

號。本來新春期間應該可休息幾天，但爸爸一直為觀塘區幾家老人院提供麵包作早餐，他不想老人家在春節期間卻吃不到新鮮麵包，所以決定照常營業。」

夏桑菊肅然起敬：「你爸爸真有善心！」

胡凱兒卻無奈地聳聳肩：「由於爸爸決定不休息，所以我任職酒樓經理的媽媽也決定不休息了。因為，媽媽就是知道，要是她不上班，最後還是會到爸爸的麵包店幫手吧。」

夏桑菊哭笑不得：「你們真是勤奮的一家人！」

胡凱兒想起甚麼，不得不承認地點頭：「每個人都在放假，我們一家人卻忙個不亦樂乎，真是很辛苦啊！只不過，我讀寄宿學校的姐姐回來幫手了，最驚喜的還是胡圖，過去幾年，他也躲在家中打遊戲機，才不管麵包店的死活呢，今年他卻主

動提出要來客串一下，我這個弟弟真的長大懂事了！」

夏桑菊跟胡凱兒做了半年同學，知道她為了照料這個弟弟而勞心勞力，現在似乎得到了回報，她應該非常安慰，他也替她高興。

但是，他卻壞壞的笑了，揭穿胡圖的計謀：「其實，你弟弟來店子幫手，應該還有另一個目的啊。」

胡凱兒疲累到腦內一片空白，沒氣力猜謎了，她直接問：「另有目的？」

「難道你不知道，在新春期間，每一個前線員工，得到利是的機會都會大增的

嗎？」

　　胡凱兒這才恍然大悟，難怪弟弟要把她趕走，義無反顧的親身上陣啦！但她不怒反笑起來：「那麼，我別那麼快回去，讓他好好增加零用錢啊！」

　　夏桑菊樂透地說：「好啊，趁這個難得的機會，帶我去看看觀塘最好玩的事物吧！」

　　於是，胡凱兒盡地主之誼，帶領夏桑菊去觀塘區值得一逛的地方走一趟。包括巨大的 APM 商場、歷史最悠久有很多小商店的觀塘廣場、隱藏在工業區內有多家運動用品 outlet 和每一層也有便宜貨的

駱駝漆工業工廈，讓夏桑菊有種尋寶的感覺。

然後，兩人在觀塘碼頭旁的市政熟食市場買了外賣，胡凱兒帶夏桑菊沿着碼頭走了三分鐘路，到了一個環境舒閒的海濱公園內，二人坐在一張面向着維多利亞海港的長椅上，享受着可口的三文治餐，心情非常愉快。

夏桑菊看看身邊不遠的噴水池，有小朋友正在地面直噴向上的水泉前跑來跑去，躲避着隨時會射出的噴泉，玩得不亦樂乎。他不禁向胡凱兒說：「我一直以為，觀塘是個沉悶的老區，想不到這個社區很

96

好。謝謝你帶我看到那麼多的好風景啊！」

胡凱兒咬着三文治，微笑了起來：「我也要**謝謝你**啊。」

「謝謝我甚麼？」

「我一直以為，轉校到新學校，沒有一個朋友，每天也只有捱苦的份兒。沒想到卻結識了你，也因為你而結識了更多好同學。現在我有朋友了，每一天也**快樂起勁**的上學去，這都是你的功勞呢！」

夏桑菊聽得**滿心感動**，但身為男孩子的他卻要裝作滿不在乎的。他事不關己似的說：「你是一個值得結交的朋友，所有人才會走過來跟你做朋友的吧，關我

甚麼事呢？」

　　胡凱兒斜着眼盯盯身邊的夏桑菊，他就是如此謙虛，把她照顧得好好的，卻不會**獨攬功勞**。她為了自己擁有這個好友而自傲。

　　她拿起了可樂罐，跟他手上的珍珠奶茶一敲，「以後要**多多指教**啊！」

　　兩人**相視而笑**，彼此也感到深厚的友誼，一切盡在不言中。

人日派飯

年初七，俗稱人日。

根據古老傳說，女媧創造蒼生，順序造出了雞狗豬羊牛馬等動物，到了第七天造出人類來，所以，初七為人的生日。

「人人都生日」的這一天，黃予思決定做一件大事！

記得，在長假前最後一天上課日，班

主任安老師問同學，在長達十多天的新年假期裏，大家最想做的是甚麼？

黃予思説：「我希望在這個年假裏，可以做一件有意義的事。」

話是這樣説，但當時，到底要做些甚麼事呢？她還未有任何想法。但她相信，新的一年就該給自己訂立一個新的目標。

終於，在年初三的那天，她終於想到那是甚麼了！她向爸爸提出：「爸爸，我希望在年初七『人日』的那天，可以送一份小禮物給老人家。」

黃予思的爸爸叫黃金水，在旺角開了一家茶餐廳，是個友善親民的老闆。他

在家中也不是那種**性格古板**的父親，這讓黃予思覺得有事可放心找他商量。

爸爸有興趣地問：「人日送小禮物給老人家？這個想法很好啊！詳情是怎樣的呢？」

黃予思把早已準備好的**一大疊利是**拿出來，對爸爸說：「我這幾年拿到的利是也沒有拆開過，我希望利用這筆錢，在茶餐廳內買些麵包，在店門外派發給長者。」

爸爸想了半晌，卻搖了搖頭說：「我不覺得你應該這樣做啦。」

黃予思很失望。

爸爸卻笑起來說：「既然要在人日給長者們派個禮物，就不該派個凍冰冰的麵包啊！該送一些更有份量的⋯⋯倒不如，我們來派一盒熱曬曬的、菜式豐富的三餸飯吧！」

黃予思瞪圓了雙眼，既驚喜但又擔憂地說：「但我的利是錢不太多，派幾十個飯盒就用光了啊。」

爸爸接過女兒手裏的一疊利是，豪爽地說：「那麼，我們父女每人各出一半

錢，合力為長者們做一件事吧！」

　　黃予思心頭感動，其實她準備面對很多困難，沒想到馬上便得到爸爸的支持，事情就決定下來了。

　　年初七的下午，黃予思走到「重聚餐室」作準備，只見爸爸早已在門口貼上一張通告：「各位老友記，在人日的這一天，大家可憑長者卡換領飯盒一個，祝您生日快樂！身體健康！」

　　黃予思是個凡事也保持沉着冷靜的女生，可是，她這次卻掩蓋不了內心的忐忑不安。

　　會不會根本無人留意到這個通告？又

或者，分派一個飯盒太寒酸了，沒人願意來領？她心裏愈想愈多，開始質疑自己想做一件有意義的事，是不是過分天真、太過異想天開了？

胡思亂想之際，她聽到一聲呼喊：「乳豬，新年快樂！」

她循着聲音的方向轉過頭去，眼前所見卻把她嚇傻了，只見夏桑菊帶着孔龍、方圓圓、呂優、蔣秋彥、姜C、胡凱兒、曾威峯和簡愛來到了茶餐廳！

她這一驚真的非同小可，一時間講不出話來。夏桑菊也很不好意思，他苦笑着說：「我和你昨天通過電話，聽到今

天要派飯給老人家的事。我無意中跟姜 C 透露一下，沒想到會一個傳一個，大家都說要前來幫忙了。」

黃予思哭笑不得：「你真是大嘴巴啊！」

姜 C 搶先回答：「我可證明小菊的嘴巴真的很大，他可以一口咬掉一個豬柳蛋漢堡！」

夏桑菊抓抓頭皮，向黃予思求饒：「無論如何，我們一群同學也來到了，有甚麼可以幫上忙的，你便告訴我們吧！」

眾人也同聲和應：「對啊，我們前來幫手，有甚麼事儘管吩咐！」

黃予思心裏一陣感激，但只能抱歉說：「感謝你們的**熱心**，但我也不知道有沒有人會來排隊，可能沒甚麼要幫忙呢。」

　　聽到黃予思的話，蔣秋彥奇怪地說：「咦？不會啊，有人在門外排隊了啦！」

　　黃予思跑出去茶餐廳門口一看，沒想到門外不知何時已排了一條**長龍**，人龍已伸延到街的轉角，不知**龍尾**在哪裏？

　　黃予思大吃一驚，不知如何是好：「派飯時間在五時半才開始，現在才四時十五分啊！」

　　這時，在廚房預備飯菜的爸爸也跑出來了，見已有長者在排隊，一刻也不遲疑，

即時把通告上的「五時半開始」劃走了，對女兒說：「事不宜遲，我們別讓老人家在街上辛苦等候，提早開始派飯囉！」

黃予思把一群前來應援的同學給爸爸介紹一下，爸爸呵呵笑：「各位同學，你們來得正好，我們需要大量人手幫忙！」

孔龍一拍**壯闊胸膛**：「我氣力大，要搬動的粗重工夫，由我來！」

曾威峯也主動地說：「我跑得快，有甚麼需要**跑腿**的，都交給我處理吧！」

胡凱兒拿出一疊利是，暗笑着說：「我們從一個大嘴巴的同學口中得知，乳豬用了利是錢做派飯活動，我們也夾了一些錢，

希望給老人家購買物資。」

　　姜C的誠實，媲美砍掉父親心愛的櫻桃樹的華盛頓，他說：「我來的目的只有一個：派不完的飯盒，我可以**幫手吃掉**！」

　　簡愛拿出了手機和自拍伸縮棒，準備就緒的說：「我負責直播今天的派飯實況，希望引起更多人對長者的關注。」

　　大家也表現得**躊躇滿志**，分配好各自的工作，派飯行動正式開始了！

第9章
眾人令微小的好事變了大好事

　　黃予思、胡凱兒和蔣秋彥三人負責前台的分發飯盒工作，靜候着的長者得知提早開始派飯，表現得很開心。

　　姜C和方圓圓則向每一位排着隊的老公公和老婆婆派蒸餾水，**講笑話**逗他們開心。

　　老婆婆見姜C長得帥，興奮地說：「我真想有一個好像你那麼帥的孫子啊！」

姜Ｃ回答：「你大可問一下你的兒子或女兒，他們極有可能藏起了不少私生孫子，偷偷的不讓你知道的啊！」

　　老婆婆開心得見牙不見眼，露出了缺了一顆門牙的笑容說：「感謝你的提醒啊，我要回家問問他們。」

胖嘟嘟的方圓圓很惹人喜愛，老公公欣賞地說：「要是我有個像你這樣有福氣的媳婦就好了。」

方圓圓哭笑不得：「首先多謝你的讚賞，可惜我連小學也未畢業呢！」

夏桑菊和呂優則在廚房內坐鎮，幫助親自下廚的黃予思爸爸裝好飯盒。廚房溫度比外面高上幾度，三人皆汗流浹背，但仍是埋頭苦幹克盡己任，誰也不吐一句怨言。

夏桑菊爸爸夏迎峯和黃予思爸爸黃金水曾經是群英中學的同學，兩家人經常見面，大家也很稔熟了，話題自然是滔滔不

絕。沒想到呂優這個**學識廣博**的高材生，談甚麼話題也有**精闢**的見解，三人邊談邊分工合作，**愉快又投契**。

　　孔龍不斷來回廚房和茶餐廳門外，替黃爸爸將做好的飯盒傳去前台。也別以為小小的飯盒沒重量，當他利用一個大生果紙箱抬着幾十個飯盒走出去，力氣大的他也覺得吃力，但一想到很多公公婆婆正在街外等着，他就變得更有氣力，**幹勁十足**了。

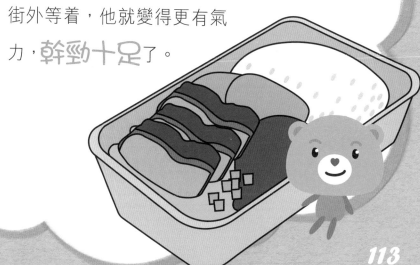

曾威峯提出做**跑腿**工作，於是，他獲派在街上搜索送給長者的物資。拿着大家積聚的利是錢，他跑到每一家超市購買一袋五包的快熟米線，然後捧了一大堆就跑回茶餐廳去，讓各位長者拿到飯盒之餘，還有一袋米線做小禮物，他為此覺得太開心了。

其實啊，昨天年初六，他經歷了很不開心的一天。

只因他昨天本來參加的一個新春五公里的跑步賽，因天雨關係宣佈取消了，他自信滿滿可拿到三甲的**宏願**，最後只得不了了之，他感覺自己好像被褫奪了獎牌。

所以，他今天很想當跑腿，不斷的跑啊跑的，讓自己跑個夠呢！

至於，直播着整個派飯過程的簡愛，也完成了她新年期間想完成五段關於新年習俗 Youtube 短片的心願了。但她怎也沒想到，最後一段短片，拍攝的竟是為了有需要的長者派飯的善舉。她不知道這究竟算不算是新年習俗？

但是，她覺得這是五段片之中最有意義的一段。

到了下午六時半，門外沒有長者排隊了，這次的派飯活動才正式結束。

黃爸爸請大家留步，說要慰勞大家

請吃一頓飯，讓眾人很驚喜。當他們在茶餐廳內休息，所有人的樣子都累壞了。

　　孔武有力的孔龍，成了首先訴苦的一個：「我的力氣明明就很大啊，沒想到搬了幾百個飯盒後，我的手臂卻痛得抬不起來，看來我要更勤奮地鍛煉臂力了。」

　　對做運動很有心得的曾威峯，提醒孔龍說：「因為你平日沒有習慣拿重物吧！肌肉神經一下子超乎負荷，才會肩頸痠痛。這還不止，明天一覺醒來，你的手臂會痛上好幾倍啊！」

　　孔龍問他：「你也跑了一個多小時，雙腳有沒有痛？」

曾威峯臉上卻有一陣滿足：「我在茶餐廳和超市之間不斷來回，沿途還要避開迎面而來的人群，也要閃躲嬸嬸們拖着的購物手推車，好像跑一場又一場五公里的**障礙賽**！現在雙腳真的很痛，但完成任務卻很痛快！」

方圓圓説：「雖然累壞了，但跟排隊中的公公婆婆談天説地，替他們解解悶，關心一下他們，我覺得很有意思。」

姜C雙眼**炯炯有神**的説：「很多婆婆也讚我帥，所以我不累。」

負責在前台分發飯盒的黃予思、蔣秋彥和胡凱兒，感受特別深。胡凱兒嘆口氣説：「每位老人家從我們手中接過飯盒，那種**感激不盡**的眼神，讓我很難忘。」

蔣秋彥陪同嫲嫲參加過類似的派發物資活動，她的感觸特別深：「雖然，那只是小小的一個飯盒，但老人家卻視之為一份珍貴的禮物。其實我也相信，在社會

118

裏需要援手的人，有可能遠遠超乎我們想像。」

各人剛才也目睹了排隊的瘋狂盛況，為了得到一餐溫飽，很多老人家卻願意餐風宿露，排長龍也默默地等，可見蔣秋彥所言非虛。

胡凱兒這時才偷偷透露了一件事：「其實，我們沒查看長者卡，只要前來排隊的長者，我們都派出飯盒，因為，我們明知那些都是需要幫助的人。」

眾人默默地點頭，其實，大家也心知肚明，他們幫助的都是真正有需要的人。

這時候，一手策劃這件事的黃予思開口了，她卻一臉抱歉：「我要向大家説聲抱歉，我是前幾天才向爸爸提出這個要求，一切都是急就章，匆匆行事。我甚至沒有周詳考慮到飯盒的數量能否應付，人手是否充足等問題……幸好各位前來幫忙了，否則，這會是一場可怕的災難吧！」

呂優笑着安慰她：「沒甚麼比起做義工更開心的啊！況且，我們也沒幫上甚麼，只是舉手之勞啦！」

夏桑菊太了解乳豬了，她是那種性格倔強的女生，從不愛跟別人道謝和説抱歉，可想而知她真的為今天的安排不善而感到

歉疚。所以，他輕鬆地說：「要是幫得上忙，你隨時隨地也可找我們啊！也別以為我們很辛苦，事情簡單得很，真想幫忙的，只要捲起衣袖就可以開始幫忙了！」

眾人同意地點頭。

對啊，真的啊，想要幫忙的，捲起衣袖就可以幫一把！

把派飯過程記錄下來的簡愛，感受比起所有人更深刻。她也決意要幫忙更多有需要的人。她說：「雖然，想要幫忙所有人，是不可能的事，但我們可以多幫一個人，就多幫一個人。」

　　「對啊，我們力量雖小，但也需要盡力而為。」眾人異口同聲地說：「下次再有任何慈善活動，記得要預我一份！」

　　大家不約而同的舉手踴躍報名。

　　這時候，黃爸爸從廚房走出來，傻乎乎的說：「各位同學，雖然我說要請食飯……但很不好意思，所有飯都派光了，我請你們吃麵好嗎？」

大家哈哈笑起來。

就在這時候，一個意想不到的人出現了，所有同學皆嘩然！是小三戊班的班主任安老師，她向他們這一桌慢慢走過來。

姜 C 多情地説：「安老師，你怎麼來了，你真有那麼掛念我嗎？」

安老師一臉笑瞇瞇：「我剛才見到簡同學的直播節目，見你們全心全意的做善事，讓我非常感動。所以，特意前來找你們，想給你們派利是啊！」

這真是個意外驚喜啊！大家逐一的向老師恭喜發財、青春常駐、百毒不侵、連生貴子等……到了姜 C，他祝老師「學

業進步」、「快高長大」，安老師也只好「逆來順受」了。

安老師向眾同學派完利是，轉向黃爸爸。黃予思見到天不怕地不怕、像個頑童的爸爸，忽然**面紅耳赤**，對安老師恭敬地說：「安老師你好，很多年不見了！」

安老師轉向大家，忍着笑意的介紹：「對啊，我以前在群英中學任教，黃爸爸也是我的學生。他是我教過的學生之中，最活潑好動

的一個，所以印象猶深啊！」

姜C問：「安老師，請問你能否用五百字形容甚麼是『活潑好動』？」

黃爸爸搞笑的代答：「你想像有一頭猴子誤闖課室就可以了！」

安老師看看這位已成為茶餐廳老闆的學生，感慨着時日飛逝：「對我來說，你在我心目中永遠是那個中五戊班的男生吧。」

黃爸爸的表情哭笑不得：「老師，你的意思是，我這麼多年也沒長高過嗎？」

的而且確，黃爸爸的個子不高。他的自嘲讓眾人哄堂大笑起來，大家簡直覺得他真是個天生的笑匠呢。

第 **10** 章
值得回味的新年假期

　　農曆新年假期轉眼便完結了，這天是群英小學下學期的開課日。

　　經過十多天漫長的年假，雖然小三戊班的同學們也捨不得放假時的悠遊快樂，但掛念老師、同學和朋友、掛念上課日子

之情卻隨着分開的日子遞增了。所以，大家今天恍如久別重逢，話題特別多，笑聲也特別響亮。

　　大家由新年挀了多少利是錢，説到年假中遇到的各種趣事，然後發現其他同學也深感共鳴，才知道原來大家的經歷也很接近呢。

農曆新年假期完結了

最後，各同學也說出了在剛過去的新年假期裏最難忘的事，作為一個總結。

全班最聰明、最帥氣和見解最獨到的姜 C 率先發言：「一年一度的新年，我滿以為最興奮的就是捏利是了！沒想到讓我更驚喜的，是我爸爸在大年初一拉我去太平山頂行山，讓我從此愛上登高，不用等清明時節拜山了！」

同學不禁**面面相覷**，姜 C 一向是個奇妙的**性格巨星**，沒想到他的爸爸更像奇異博士，大家真想找一個機會，親眼見識一下 C 爸的厲害。

一向**愛出風頭**的曾威峯，竟也有

一番感言：「我滿以為，在這個年假最難忘的事，該是五公里長跑賽得到好成績吧？沒想到的是，由於天雨關係，比賽取消了。這令我想到，原來長久的準備也敵不過變化莫測的天氣呢！」

眾同學也同意地點頭，曾威峯此話說得真好，有時候，雖有萬全的準備，但結果卻完全出乎意料，該是誰都經歷過的吧。

高材生呂優也透露了一件事，他的表情很苦：「我在年假前不是跟大家提及過，我買了很多小説未看，希望在長假期裏好好看書嗎？沒想到的是，在幾天假期裏，

樓上的住宅卻在進行裝修，由早上到晚上也聽見鑽牆的聲音，好像有一把電鑽在我耳邊鑽啊鑽，讓我**頭痛欲裂**，最後我連一本小説也沒看完呢！」

眾同學的家裏多少也遇過鄰居裝修的苦況，當然明白呂優的慘況，因而感到**心神不寧**。

胖了不少的方圓圓，一臉尷尬地説：「大事不妙了！我在新年期間吃得太多了，胖了足足五公斤！我決定要由今天起減肥，每天由三餐改成吃兩餐！」

姜C好心提醒方圓圓：「每日吃兩餐任食任飲打邊爐，只會**不跌反升**的啊！」

方圓圓感動地說：「姜Ｃ同學，感謝你的溫馨提示，你對我太好了！」

　　姜Ｃ也同意：「我這個人有個弱點，就是對人太好了。」

　　女班長蔣秋彥無奈的說：「新年期間，我最期待的是爸媽帶我去他們的朋友家中拜年，見見他們家裏養的老虎狗，可惜爸

媽的朋友移民了，雖然我透過他們傳來的短片，看見**健康快樂**的老虎狗，可惜已不能親眼看到牠、好好摸一下牠了……我學會了凡事要更**珍惜**。」

簡愛滿足地說：「我在新年假期內，本來準備製作三段 Youtube 短片。但我告訴自己，應該訂立一個製作五段短片的目標，再一步推動自己前進。沒想到最後真的如願地製作出五段片！原來給自己一個更高的目標，測試一下自己的極限，可能會有意外收穫呢！」

轉校來群英小學讀了上半個學期，由最初總是扳着臉，現在愈來愈多笑容的胡凱兒說：「我爸的麵包店在新年期間照常

營業，我每天也會前去幫忙，説不辛苦是假的啦，好像沒有放過年假一樣。但很多光顧的老街坊也會給我一封利是，讓我很安慰。我一直想買一個電子琴，現在也該買到了吧！」

蔣秋彥説：「我也用電子琴，家裏有很多琴譜可跟你分享。若你想要學琴，我也可教你一下。」

胡凱兒感動不已：「謝謝秋彥啦！」

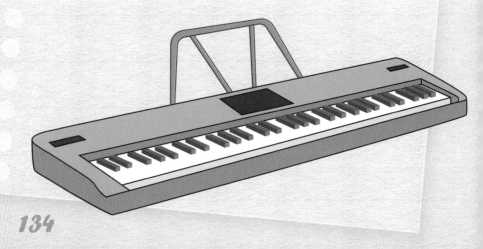

蔣秋彥開朗笑了：「我期待着跟你來個**二重奏**呢！」

　　説話不多的黃予思，朝向同學們説：「我希望在這個年假裏，可以做一件有意義的事。沒想到的是，最後這件事是集合了**眾人之力**完成了，我覺得太快樂了。」

然後，她向有份幫忙的夏桑菊、簡愛、孔龍、呂優、胡凱兒、蔣秋彥、方圓圓和姜C報以微笑，眾人也心領神會地笑了。

這時，胡凱兒轉向夏桑菊：「小菊，你呢？在十多天的假期裏，有甚麼特別事發生了嗎？」

昨晚仍沉醉在放假的情緒中，又是睡得不好的夏桑菊，抓抓一頭沒梳好的亂髮，

一臉茫然地説：「在假期裏，我最開心的是沒有鬧鐘吵醒，像一隻冬眠的烏龜般不停睡覺吧！」

孔龍舉起手來：「我仍是不喜歡新年假期，但我同意小菊的想法，可以不調校鬧鐘睡個飽這回事，真是太快樂了！」

　　大部份受鬧鐘之苦的同學們，都認同地連連點頭。

夏桑菊伸一下懶腰，讓自己顯得清醒一點，他有感而發地說：「其實呢，我覺得假期的長短並不是最重要的，更重要是在假期內有沒有發生過值得回味的事。」

大家也覺得小菊此話言之有理。對啊，如果放假的每一天都在百無聊賴之中度過，那麼放上多久的假，也像在浪費時間而已。

這時候，上課的鐘聲響起來，大家聽到熟悉的鐘聲，心頭不禁泛起了一陣親切感。彷彿在期待甚麼似的，各人不約而同的停止了說話，乖乖坐回自己的座位上，打開書包，把第一堂上課的課本放在書桌上。

大概，在一分鐘之後，課室外的走廊就會傳出一陣輕輕的咯咯聲，大家就知道愛穿高跟鞋的班主任安老師，即將走進

課室裏，笑瞇瞇的替大家點名了。

下學期正式開始了，各人也期待在小三戊班內會發生更多的趣事哩！

彩熊聯盟
上集答案

找不同

請找出以下兩張圖片的八個不同之處。

填字遊戲

請在空格上填寫合適的字。

龍□精神

大富□貴

□□意興隆

恭□發財

心□事成

出入□安

家□屋潤

一本萬□

反斗群英 ⑦ 預告

群英小學下學期大考終於完結了！
小三戊班的夏桑菊、黃予思、姜C、
胡凱兒、孔龍、KOL、呂優和蔣秋
彥一眾同學們，正懷着興奮的心情
迎接暑假來臨！

在這段倒數的日子
裏，到底會發生甚
麼有趣又感動的事
呢？還有，班中有
同學留班，也有
同學即將移居去
了……

即將轟動上市，
敬請密切期待！

書　　　名　反斗群英6：新年長假開始了

作　　　者　梁望峯

插　　　圖　安多尼各

責任編輯　王穎嫻

美術編輯　郭志民

協　　　力　林碧琪　Key

出　　　版　小天地出版社（天地圖書附屬公司）

　　　　　　香港黃竹坑道46號新興工業大廈11樓（總寫字樓）

　　　　　　電話：2528 3671　　　　傳真：2865 2609

　　　　　　香港灣仔莊士敦道30號地庫（門市部）

　　　　　　電話：2865 0708　　　　傳真：2861 1541

印　　　刷　亨泰印刷有限公司

　　　　　　柴灣利眾街德景工業大廈10字樓

　　　　　　電話：2896 3687　　　　傳真：2558 1902

發　　　行　聯合新零售（香港）有限公司

　　　　　　香港新界荃灣德士古道220-248號荃灣工業中心16樓

　　　　　　電話：2150 2100　　　　傳真：2407 3062

出版日期　2023年1月初版‧香港